LES NEUF

PREMIERS COMPAGNONS

DE SAINT IGNACE DE LOYOLA.

EXTRAIT DES *Tableaux du Père d'Oultreman, S. J.*

1re partie.

(La 2e partie fera l'objet de la livraison suivante.)

COLLECTION DE

PAR ÉD. TERWECOREN, S. J.

BRUXELLES,

LIB. DE H. GOEMAERE, SUCC. DE VANDERBORGHT,

Marché-aux-Poulets, 26.

1852

14e livraison. — 2e de juillet.

LES NEUF

PREMIERS COMPAGNONS

DE SAINT IGNACE DE LOYOLA.

—

EXTRAIT DES *Tableaux du Père d'Oultreman, S. J.*

—

2me partie.

—

BRUXELLES,

LIB. DE H. GOEMAERE, SUCC. DE VANDERBORGHT,

Marché-aux-Poulets, 26.

—

1852

15e livraison. — 1e d'août.

COLLECTION DE

PAR ÉD. TERWECOREN, S. J.

LES NEUF

PREMIERS COMPAGNONS

DE SAINT IGNACE DE LOYOLA.

—

Extrait des *Tableaux du Père d'Oultreman, S. J.*

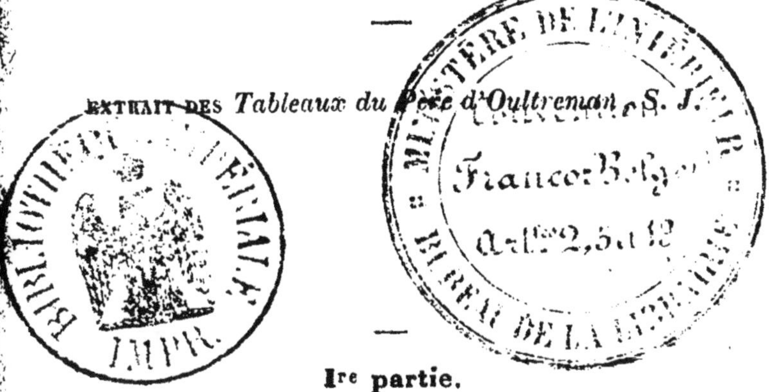

—

Iʳᵉ partie.

(La 2ᵉ partie fera l'objet de la livraison suivante.)

—

BRUXELLES,

LIB. DE H. GOEMAERE, SUCC. DE VANDERBORGHT,

MARCHÉ-AUX-POULETS, 26.

—

1852

PROTESTATION DE L'AUTEUR.

En exécution des décrets d'Urbain VIII, je déclare que dans la narration des miracles, des révélations et des faits de tout autre genre contenus dans cette histoire, je ne prétends en rien prévenir le jugement de l'Église romaine à laquelle je soumets sans réserve mes sentiments, mes écrits et ma personne.

APPROBATION.

Ayant fait examiner l'opuscule : *Les neuf premiers Compagnons de saint Ignace de Loyola (extrait des Tableaux du père d'Oultreman, S. J.)*, nous en permettons l'impression.

Malines, le 20 janvier 1852.

P. CORTEN, *Vic. Gén.*

Imp de J. Vandereydt, rue de Flandre, 104.

NOTICE

SUR LE PÈRE D'OULTREMAN.

—

Pierre d'Oultreman, fils de Henri, seigneur de Rombise, naquit à Valenciennes, où son père était chef de la magistrature. Il entra dans la Compagnie de Jésus, et mourut dans sa ville natale, en 1656, à l'âge de 65 ans.

On a de lui des ouvrages qui intéressent l'histoire de la Belgique, entre autres : *Vie de Pierre l'Hermite et de plusieurs Croisés ; la Constantinople Belgique :* c'est l'histoire de Baudouin et Henri, empereurs de Constantinople. Il édita, corrigée et augmentée par lui, l'*Histoire de la ville et du comté de Valenciennes*, composée par son père, qui s'était appliqué avec beaucoup de succès aux lettres, au droit et à l'histoire de sa patrie.

Les *Tableaux des signalés personnages de la Compagnie de Jésus* furent composés à l'occasion des fêtes solennelles de la canonisation de saint Ignace et de saint François Xavier, célébrées par le collége de la compagnie à Douai, en 1622. Pour honorer ce triomphe, les pères avaient, entre autres décorations, élevé quatre galeries dans les deux rues qui aboutissent à la porte de l'église. Elles étaient composées de colonnes ioniques et doriques, jointes par des frises, sur lesquelles on voyait deux cent cinquante-six tableaux, peints à l'huile, dont cent soixante et dix étaient hauts de trois pieds et larges de deux et demi, enrichis de belles moulures dorées. Les deux premiers représentaient la vie et les miracles de saint Ignace et de saint François Xavier ; les autres, les portraits de quelques personnages signalés de la compagnie ; sous chaque tableau il y avait un quatrain français. Un membre de la compagnie avait, quelque temps auparavant, recueilli les points principaux de la vie de ces personnages dont les portraits étaient exposés ; mais ce recueil ne devait servir qu'à l'usage particulier de ses auteurs. Un imprimeur, s'étant procuré ce travail, le mit sous presse sans le faire revoir ; il fut imprimé très-incorrectement. Le père d'Oultreman en donna, peu de temps après, une édition plus correcte.

L'opuscule intitulé : *Les neuf premiers Compagnons de saint Ignace* est un extrait des *Tableaux*. Il a fallu en retoucher le style, tout en conservant, autant que possible, le caractère de l'auteur. On peut juger de la manière d'écrire du père d'Oultreman, par ce commencement de l'épître dédicatoire, adressée aux pères et frères de la Compagnie de Jésus :

« C'est une foire et feste franche que la Religion, en
» laquelle se voient toutes sortes de pièces de peinture,
» ouvrages du Grand Maistre, qui les y a estallées, afin
» de paistre et ravir les yeux du monde, et donner envie
» à ceux qui sont de mesme mestier d'en prendre quel-

» ques-uns pour patrons et modèles, à l'exemple des-
» quels ils puissent tirer mille beaux traicts de vertus
» en leurs ames et se rendre semblables à leurs pères
» et devanciers.

» C'est pour ceste fin que Dieu a exposé ces *Tableaux*
» de tant et tant signalés personnages en la Compagnie
» de Jésus, et pour la mesme fin je vous les offre et dé-
» die de bon cœur, vous priant de leur donner place hon-
» norable, non pas en quelque salle de parade pour ser-
» vir de monstre seulement, ains dans le cabinet de vos-
» tre mémoire, afin de jetter souvent les yeux dessus. »

1.

INTRODUCTION

DE L'ÉDITEUR BELGE.

—

« Quelle admirable opposition aux tendances de cette époque ! Lorsque de tous côtés s'élevaient contre le pape la résistance, l'esprit d'examen, d'abandon, une société pleine d'enthousiasme et de zèle se lève spontanément, se voue à son service. »

A ces paroles de l'historien Ranke, qui est du reste hostile aux jésuites, tout le monde reconnaît le xvie siècle et la Compagnie de Jésus.

« La tempête grondait de toutes parts : tempête dans les idées, tempête dans les esprits, tempête surtout dans les cœurs, que l'amour des voluptés, que le besoin d'indépendance poussaient au-devant des innovations. Le xvie siècle, même à son aurore, était en travail d'un nouveau monde.

» Tandis que ces événements se préparaient ou s'accomplissaient, que tant de capitaines illus-

tres, que tant de génies marchaient à la conquête d'un nouveau monde et de nouvelles idées ;
tandis que la lumière dissipait partout les ténèbres, avec une si merveilleuse rapidité que
parfois il était permis de craindre qu'au lieu
d'éclairer la terre, cette même lumière ne l'em-
brasât dans un immense incendie, un homme
gisait en Espagne sur un lit de douleur : cet
homme se nommait don Ignace de Loyola.

» C'était un soldat. Né en 1491, sous le règne
de Ferdinand et d'Isabelle, il appartenait à
l'une des familles les plus distinguées de la Bis-
caye. »

Le jeune Ignace passa d'abord quelques années
à la cour de Ferdinand le Catholique, et puis à
celle d'Antoine Manrique, duc de Najare et grand
d'Espagne. Ses idées chevaleresques et son noble
cœur le portaient à la vie des camps et au bruit
des batailles. En 1521, André de Foix vint mettre le siége devant Pampelune ; Charles-Quint
retenait cette place au mépris du traité de Noyon.
Le valeureux gentilhomme de Loyola tombe
frappé de deux blessures ; les Français entrent
aussitôt dans la citadelle; mais par respect pour
son courageux défenseur, au lieu de le retenir

prisonnier, ils le font transporter au château de Loyola.

C'est là que Dieu l'attendait, dans ses desseins éternels, pour frapper un coup plus grand que celui que le héros de Pampelune avait reçu sur la brèche. Une longue convalescence entraîne des ennuis et des dégoûts; pour se distraire, Ignace demande des romans de chevalerie. A défaut de ces livres, qui d'ordinaire abondaient dans les castels, on lui porte la *Vie de Notre-Seigneur*, par le moine Landolphe, et les *Vies des Saints*.

A cette lecture, Ignace conçoit une vive admiration pour le courage et les vertus de ces héros chrétiens, et la grâce commence à travailler cette belle âme; il se demande pourquoi il n'aurait pas l'énergie de ces sublimes modèles. Il cède à la voix de Dieu qui l'appelle aux plus nobles conquêtes; il quitte sa famille, renonce aux grandeurs , foule aux pieds la gloire militaire, va suspendre son épée dans l'église de Montserrat, en face d'un autel de la sainte Vierge, et se constitue chevalier de Jésus et de Marie.

Personne n'ignore ses pénitences, ses prières,

ses méditations, ses larmes de componction et ses élans d'amour. Dans la grotte de Manrèse, Loyola, qui n'a fait aucune étude sérieuse, compose l'admirable livre de ses *Exercices spirituels*, et dessine à grands traits le plan de ce vaste institut qui devait étonner le monde. Il fait ses études au collége de Montaigu et de Sainte-Barbe, à Paris, et commence chez les Dominicains son cours de théologie. La Compagnie de Jésus était conçue et germait au fond de cette vaste intelligence; mais pour la former, Ignace doit recruter des soldats. Son choix tombe sur quelques compagnons d'étude. Ils seront avec lui la première phalange de cette armée qui couvrira bientôt l'Europe et débordera sur les contrées les plus lointaines.

Pierre Lefèvre, de Villaret en Savoie, compagnon d'étude d'Ignace, et François Xavier, gentilhomme navarrais, professeur de philosophie à Paris, furent les premiers disciples et compagnons de Loyola. Jacques Laynez, d'Almazan, et Alphonse Salmeron, de Tolède, vinrent s'offrir à lui, attirés par la réputation de sainteté qu'il avait laissée en Espagne. Nicolas Alphonse, du village de Bobadilla, dont il reçut le nom, et Simon Rodriguez, d'Azévédo, suivirent de près.

« Loyola avait plus d'expérience que ces six hommes, dont Salmeron, le plus jeune d'entre eux, comptait à peine dix-huit ans. Il connaissait l'inconstance humaine; il voulut les attacher plutôt à Dieu qu'à lui-même. Après avoir jeûné et prié en commun, ils se réunirent, le 15 août 1534, dans une chapelle souterraine de l'église de Montmartre, où la piété croit que saint Denis fut décapité. C'était la fête de l'Assomption de la sainte Vierge. Ignace avait choisi ce jour afin que la société de Jésus naquît dans le sein même de Marie triomphante. Là, ces sept chrétiens encore ignorés du monde, que Pierre Lefèvre, déjà prêtre, avait communiés de sa main, font vœu de vivre dans la chasteté. Ils s'engagent à une pauvreté perpétuelle; ils promettent à Dieu qu'après avoir achevé leur cours théologique, ils se rendront à Jérusalem pour sa glorification; mais que si au bout d'une année il ne leur est pas possible d'arriver à la ville sainte ou d'y demeurer, ils iront se jeter aux pieds du souverain pontife et lui jurer obéissance sans acception de temps ou de lieu.

» Pour ne point détourner ses nouveaux compagnons de leurs études, et ne point les exposer aux tentations de la patrie et de la famille, Ignace se chargea d'aller en Espagne, où Xavier, Salmeron et Laynez avaient à régler quelques affaires domestiques avant de renoncer à leurs biens. Il partit au commencement de l'année 1535, et il leur assigna rendez-vous à Venise pour le 25 janvier 1537.

» Pendant son absence, sa naissante famille s'était accrue de quelques membres. Trois théologiens de l'université de Paris, dont Pierre Lefèvre avait éprouvé la vocation, vinrent compléter le nombre de dix. Ce furent Claude Lejay, du diocèse de Genève; Jean Codure, de la ville d'Embrun, et Pasquier Brouet, né à Béthencourt en Picardie. Par leur science et par leurs vertus, ils étaient dignes de s'associer à l'entreprise que méditait Ignace. Le 8 janvier 1537, ils parvinrent à Venise, à pied, comme ils étaient sortis de Paris, comme Ignace, qui les attendait sur les bords de l'Adriatique, avait lui-même fait le voyage.

» Le 24 juin, ils furent ordonnés prêtres à Venise par l'évêque d'Arbe. Ignace, Lefèvre et Laynez prirent seuls d'abord le chemin de la capitale du monde chrétien; les autres se répan-

dirent dans les plus célèbres universités d'Italie
pour grossir leur nombre.

» Au moment de la situation la plus désolante
de l'Église, Ignace, Lefèvre et Laynez vinrent
se prosterner aux pieds du pape. Avec un délire
procédant de l'orgueil, on brisait le joug de
l'autorité spirituelle; on s'affranchissait pour se
jeter seul, à travers les passions et le crime, à la
recherche d'une trompeuse indépendance. On
s'éloignait de la chaire de Pierre par entraî-
nement dans le désordre, par cupidité ou par
esprit d'innovation. Un grand cri, sorti de toutes
les poitrines, semblait protester contre l'obéissance; au même moment, Ignace, Laynez et
Lefèvre se dévouaient, eux et leur postérité,
pour assurer le triomphe du principe d'obéissance. Tout était révolte dans les cœurs; l'ambition individuelle se liguait avec les ambitions
de la pensée, de la gloire et de la licence; eux
venaient s'offrir sans autre condition que de se
soumettre partout et toujours à la volonté du
saint-siége. Ce contraste devait frapper un pape
aussi perspicace que Farnèse. Ces hommes qui,
avec une sainte audace, prenaient le contre-pied
d'une idée populaire, et marchaient à la con-

quête du devoir et de l'abnégation, comme
d'autres s'élançaient à la poursuite des théories
antisociales, ces hommes devaient être animés
d'un courage qui ne se trahit pas.

» Ignace appelle à Rome les sept prêtres qu'il a
laissés dans différentes villes d'Italie ; il les réu-
nit autour de lui au commencement de l'année
1539, puis il leur dit : « Le ciel nous a fermé
» l'entrée de la Palestine pour nous ouvrir l'uni-
» vers. Notre petit nombre ne suffisait pas à une
» pareille œuvre, il a crû, il s'accroîtra encore ;
» nous formons presque un bataillon. Mais les
» membres ne se fortifient dans un corps qu'au-
» tant qu'ils sont attachés entre eux par un même
» lien. Il faut fonder des lois qui règlent la famille
» réunie à l a voix de Dieu, et qui non-seulement
» donnent la vie à la société que nous a llons éta-
» blir, mais encore une éternelle durée. Prions
» donc ensemble et séparément pour que la divine
» volonté se manifeste.

» Elle se manifesta selon le désir d'Ignace, et
dans la seconde assemblée tous s'accordèrent à
déclarer que leur société serait soumise à l'approbation du pape pour être érigée en religion.

» Ils avaient choisi pour théâtre de leur apostolat des églises populaires. Ignace prêchait en espagnol à Notre-Dame de Mont serrat, les autres en italien; Lefèvre et Xavier, à San-Lorenzo in Damaso; Lejay, à Saint-Louis des Français; Laynez, à Saint-Sauveur in Lauro; Salmeron, à Sainte-Lucie; Rodriguez, à Saint-Ange in Pescheria; Bobadilla, à Saint-Celse. Le cardinal Savelli, vicaire du pape, avait en outre donné pouvoir à Laynez de visiter et de réformer les paroisses de Rome.

» Bobadilla était envoyé ambassadeur pacifique pour mettre un terme aux dissensions qui fermentaient dans l'île d'Ischia. Lejay allait à Brescia opposer sa dialectique aux novateurs qui semaient l'hérésie. Pasquier Brouet et François Strada, une nouvelle conquête d'Ignace, se rendaient à Sienne avec la mission de ramener dans le sentier du devoir des religieuses qui se portaient à tous les désordres. Codure évangélisait la ville de Padoue. Rodriguez et François Xavier partaient pour le Portugal, d'où ils devaient faire voile pour les Indes. »

Le 27 septembre 1540, le pape Paul III institua la Compagnie de Jésus par la bulle *Regimini militantis Ecclesiæ*. Chose insolite, le souverain pontife autorisa l'institut sur le simple aperçu des futures constitutions, tant était grande sa confiance dans les lumières, la foi et la fidélité d'Ignace et de ses premiers compagnons. « Un pareil témoignage, dit M. Crétineau, donné par la cour de Rome, habituellement si lente, est tout à la fois une exception et un éloge bien rares. »

« La Compagnie de Jésus est créée, il lui faut un général. La majorité des pères est absente de Rome pour le service de l'Église. Xavier et Rodriguez sont à Lisbonne ; Lefèvre, après avoir rempli sa mission à Parme, vient d'être délégué par le pape pour assister à la diète de Worms et pour porter la parole dans le colloque que vont y tenir les catholiques et les protestants. Bobadilla reçoit ordre du saint-siége de ne pas quitter l'île d'Ischia avant d'avoir terminé les affaires confiées à sa prudence.

» Laynez, Lejay, Brouet, Codure et Salmeron furent les seuls présents avec Ignace. Après avoir, pendant trois jours, prié Dieu de les éclairer sur un choix aussi important, chacun vota par écrit. Les suffrages des absents étaient cachetés et déposés sur une table : don Ignace de Loyola fut élu à l'unanimité.

» Cette nomination, à laquelle il ne pouvait se soustraire, le surprit et l'effraya. Il la combattit longtemps par tous les motifs que put lui suggérer son humilité. Il souhaita qu'une seconde élection vînt le délivrer du poids dont sa conscience allait être chargée. Les pères condescendirent à ce désir, qu'un vote nouveau rendit infructueux, et après une résistance chrétiennement opiniâtre, il se soumit. Il avait quarante-neuf ans.

» Le jour de Pâques, 17 avril 1541, il accepta le gouvernement de la compagnie de Jésus. Le 22 du même mois, après avoir visité les basiliques de Rome, Ignace et ses compagnons arrivèrent à celle de Saint-Paul hors des murs. Le général célébra la messe à l'autel de la Vierge ; puis, avant de communier, il se tourna vers le peuple. D'une main il tenait la sainte hostie, et de l'autre la formule des vœux. Il la prononça lentement, s'engageant, en outre, envers le souverain pontife, à l'obéissance à l'égard des missions, telle qu'elle est spécifiée dans la bulle du 27 septembre. Alors il déposa cinq hosties sur la patène, et s'approchant de Laynez, de Lejay, de Brouet, de Codure et de Salmeron, qui se te-

2.

naient à genoux au pied de l'autel, il reçut leurs professions et les communia. C'était la consécration de l'institut.

» En moins de six années, ces dix hommes si habilement choisis accomplirent de leur plein gré ce que le monarque le plus absolu n'aurait pas osé exiger du dévoucment le plus aveugle.

» A la voix de Loyola, qui, pour eux, interprétait les volontés du ciel, ils avaient terrassé l'hérésie victorieuse. Au milieu d'obstacles renaissant à chaque pas, ils avaient jeté le germe de la société de Jésus dans les provinces du midi et du nord de l'Europe. Ces travaux étaient immenses. (1) »

Tandis que ses compagnons se partageaient le monde pour le gagner à Jésus-Christ, Ignace restait à Rome, d'où il suivait leurs pas et régularisait tous les mouvements de ce vaste corps. Il organise la maison professe et le noviciat, fait observer partout les constitutions, propage avec ardeur la Compagnie par toute la terre, sanctifie Rome, y établit une maison de catéchumènes

(1) Les citations marquées de guillemets sont tirées de l'*Hist. de la Compagnie de Jésus,* par Crétineau-Joly, t. i, *passim,*

pour les juifs, les Turcs et les infidèles de toute nation, fonde la maison de Sainte-Catherine pour les femmes repenties, deux maisons d'orphelins, rétablit la bonne harmonie entre le pape Paul III et Jean III, roi de Portugal, élève deux édifices gigantesques, le collége romain et le collége germanique, qui seuls suffiraient pour immortaliser son nom.

Après tant de travaux pour le développement de son institut, le salut des âmes, la conversion des infidèles, le retour des hérétiques, l'éducation de la jeunesse, le soulagement du pauvre et de l'orphelin, le bonheur des familles, la tranquillité des États, la paix et la prospérité de l'Église; après avoir fait planter l'étendard de la croix aux extrémités de la terre, et y avoir fait retentir, comme un cri de triomphe, la sublime devise : *Ad majorem Dei gloriam;* après avoir reçu du souverain pontife la solennelle confirmation de son institut et l'approbation du fameux livre des *Exercices,* qui remuait les consciences et le monde; quand les constitutions de l'ordre avaient été promulguées partout où travaillait un de ses disciples, les vœux d'Ignace étaient comblés et sa mission remplie; Dieu était content de ses services.

Le 31 juillet 1556, un jour de vendredi, à cinq heures du matin, Ignace prononce le nom de Jésus et rend le dernier soupir. Il était âgé de soixante-cinq ans.

Ignace mourait heureux ; depuis le siége de Pampelune, il n'avait vécu que pour Dieu.

Éd. T.

LES NEUF

PREMIERS COMPAGNONS

DE SAINT IGNACE DE LOYOLA.

—

I.

Saint François Xavier.

Saint François Xavier était Navarrais de nation et fils de don Jean de Iasso et de Marie d'Aspilquète et Xavier, héritière de ces deux maisons, des plus illustres de la Navarre. Le château de Xavier, voisin de Pampelune, eut l'honneur de donner au monde ce nouveau soleil qui devait dissiper les épaisses ténèbres de l'Orient.

Xavier naquit l'an 1497 (année remarquable où Vasco de Gama partit de Lisbonne pour les Indes). Comme saint Ignace, il fut le cadet de sa famille; ce qui engagea probablement ses parents à lui faire apprendre les lettres, pour lesquelles il avait du reste beaucoup de penchant naturel.

Il étudia au collége de Sainte-Barbe à Paris, y acheva son cours de philosophie qu'il enseigna publiquement peu de temps après. Comme son esprit élevé et capable de grandes choses n'avait pas encore trouvé le chemin pour parvenir au vrai honneur et à la véritable grandeur, il tâchait de se montrer et de faire sa réputation par je ne sais quelles magnificences, dépensant bien plus qu'il n'appartient à un cadet; motif pour lequel son père voulut le rappeler. Mais Madeleine, sa fille aînée, qui était abbesse des religieuses de Sainte-Claire, qu'on appelait *déchaussées*, à Gandie, vierge renommée pour sa vertu et ses miracles, pria le père de laisser son frère François poursuivre ses études, parce que Dieu l'avait prédestiné pour être un jour l'apôtre de l'Orient; ce que le père lui accorda.

Sur la fin de sa théologie, Xavier se laissa gagner par les paroles de saint Ignace qui *sua et travailla* bien longtemps avant de le faire tomber dans les filets de Jésus-Christ. Cette belle et riche proie ne se devait gagner qu'après une longue *chasse* et beaucoup de travaux. Après le vœu fait à Montmartre, il quitta Paris le 15 novembre 1536 pour aller à Venise. Il donna alors une première preuve de son courage et du désir qu'il avait de mater son corps : il se lia les bras et les jambes si cruellement avec des ficelles, que la chair s'étant enflée cacha et couvrit les liens de telle façon qu'on n'aurait pu les arracher sans une dangereuse et violente incision. Comme on était inquiet et indécis sur ce qu'on devait faire, Dieu y mit la main et le guérit soudainement.

Xavier ne songeait qu'à remporter une victoire entière et complète sur lui-même par de fréquentes et austères mortifications, et en se surmontant sans cesse. S'occupant dans la ville de Venise à servir les incurables, il sentit quelque horreur à la vue d'un pauvre homme rongé à demi par la vérole; pour se vaincre, il suça plusieurs fois le pus qui sortait de ces dégoûtants ulcères et qui eût fait bondir le cœur aux hommes les moins sensibles aux impressions. (Le père George Rigio a fait depuis la même chose en Portugal, où il est mort en 1614.)

Les villes de Rome et de Bologne éprouvèrent encore la force de sa charité et l'efficacité de ses discours qui auraient métamorphosé, en quelque sorte, tous leurs citoyens, s'ils eussent eu plus longtemps le bonheur d'en jouir. Mais l'Italie était trop petite, eu égard à l'étendue du zèle et du courage de François Xavier. Tout ce grand monde d'Orient était réservé pour la carrière d'un si valeureux et si infatigable champion. Saint Ignace l'envoie aux Indes : cet ordre lui arrache des larmes de joie; il n'aurait pu choisir une expédition plus conforme au désir qu'il avait de travailler à la vigne du Seigneur et de l'arroser de son sang.

Il partit de Rome en 1540, accompagné de Pierre Mascarenhas, ambassadeur de Jean III, roi de Portugal. Traversant les Pyrénées, il devait passer bien près du château de Xavier; néanmoins il ne voulut point se détourner d'un pas pour faire un long et dernier adieu à sa mère (1). Enfin, après avoir rempli tout le Portugal du bruit de son nom et de ses vertus, et acquis aux hommes de la Compagnie le nom d'apôtres, il s'embarqua, le 6 avril 1541, sans autre *viatiqne* que la providence de Dieu, quoique l'on employât mille moyens pour lui faire prendre des provi-

(1) Saint François Xavier avait le cœur très-sensible; il craignait que, dans de tendres épanchements, la nature ne triomphât de la grâce et ne lui fit oublier son devoir. La Compagnie de Jésus n'était pas encore solennellement approuvée par le saint-siége ; ses membres n'avaient donc encore contracté aucun engagement définitif et irrévocable, par les vœux. Dans cette position, Xavier crut ne pouvoir exposer sa tendresse filiale aux assauts maternels. (*Note de l'éd. belge*).

sions de voyage. Le 6 mai 1542, il aborda à Goa, ville capitale de l'Inde. Les habitants de cette ville ne l'ont pas plutôt vu, qu'ils l'ont connu, et ils ne l'on pas plutôt connu, qu'ils l'ont admiré, chéri et regardé comme un homme tombé du ciel. C'était un soleil qui éclairait et échauffait tout le monde : les pauvres dans leurs maisons, les malades dans les hôpitaux, les soldats dans les garnisons, les enfants dans les rues et les carrefours, où il les rassemblait au son d'une clochette qu'il agitait en parcourant la ville, quoiqu'il fût nonce apostolique.

En octobre 1542, il alla secourir les nouveaux chrétiens de Comorin et de la côte de la Pêcherie, qu'on appelle Paravas, gens abandonnés des prêtres et des pasteurs. Il y baptisa de sa main plus de quarante mille personnes et confessa souvent en un jour des villages et des bourgs entiers. De là il se rendit au royaume de Travancor, qu'il conquit à Jésus-Christ. Au même temps et comme d'un seul coup, plus de dix mille hommes devinrent chrétiens et abattirent un grand nombre de temples de faux dieux.

Il se rendit après à Ceylan, où il convertit le second fils du roi et plus de six cents autres. Méliapour sentit ensuite les mêmes effets, s'étant laissé défricher par cet apôtre. Vinrent aussi Malaca, Amboine et les Moluques, où il trouva les Portugais si dépravés, qu'il fut malade à mourir d'une maladie causée par les pénitences, les austérités et les travaux qu'il fit pour leur conversion.

S'étant transporté, en 1546, à l'île Manrique, il y fit tant de fruit, que malgré l'opiniâtreté et *l'acariâtrise* de ce peuple farouche, il baptisa dans la seule ville de Tholon près de vingt-cinq mille âmes.

De retour à Goa, il y trouva un Japonais nommé Anger qu'il baptisa, et par qui il fut informé des mœurs et des besoins des peuples du Japon. Dès lors il résolut d'aller porter le flambeau de l'Évangile dans cette épaisse forêt de la gentilité où il n'avait jamais éclairé. Ce fut l'an 1549, le 24 juin, qu'il commença le voyage; il vint aborder au port de Cangoxima, où en moins d'un an il baptisa plus de trois mille Japonais. De là il passa à Firande et à Amanguey, villes du royaume de Fingen et Bongo, et triompha partout du démon, de l'idolâtrie et des bonzes, jusqu'à Méaco, capitale du Japon, et mérita à bon droit le titre d'apôtre du Japon, dont le saint-siége a daigné l'honorer.

La Chine, située à l'extrémité du Levant, devait servir de bornes à la sainte convoitise de cet homme, de qui Dieu accepta la bonne volonté pour l'œuvre, et se servit du pieux dessein de Xavier comme d'une clef qui ouvrirait, quelques années plus tard, la porte de ce grand royaume aux enfants et imitateurs de ses vertus. Car l'an 1552, lorsqu'il venait d'aborder à Sancian, et qu'il ménageait les moyens de se faire porter en secret au port de Canton, qui est la première ville du royaume, Dieu coupa le fil de sa vie et de ses travaux pour le couronner au ciel d'une gloire qui ne se flétrit jamais.

Son corps fut enseveli avec ses ornements sacerdotaux au rivage voisin du port de Sancian, avec une grande quantité de chaux vive qui ne l'endommagea pas, car on le trouva entier à Goa où il avait été transporté environ un an après sa mort. En mourant, il laissa la compagnie éparse dans plusieurs endroits de l'Inde, où elle avait des colléges ou maisons, savoir : à Goa, Tana, Bazain, Ormuz, Cochin, Travancor, la Pêcherie, ville de Saint-Thomas, Malaca, les Moluques, et dans plusieurs endroits du Japon.

Je me suis étendu à dessein sur les preuves de la charité de saint Ignace, pour faire voir à quiconque lira ce livre que la sagesse et la bonté de notre Dieu avaient enrichi de cette belle et fructueuse plante l'âme de notre père et patriarche, afin de la transplanter par son moyen dans l'âme de ses enfants. Aussi, sans ce double esprit d'Élie nous serions des souches infructueuses qui ne mériteraient pas d'occuper la terre d'un si saint et fertile verger, où la main de Dieu nous a plantés pour porter des fruits, et des fruits permanents et éternels.

Or si jamais quelqu'un de toute notre compagnie hérita de cette belle vertu, saint François Xavier en eut sa part plus que tout autre; de sorte qu'il semble que, comme aîné, il ait eu un préciput et un avantage sur tous ses frères. Il n'y a pas d'endroit dans l'Inde où il n'ait laissé les marques et les insignes de sa charité; les Paravas, les naturels de Malaca, d'Achem, de Mindanao, des Moluques, et les Japonais chanteront à jamais le nom de saint François, comme de celui à qui ils doivent après Dieu le bonheur de leur conversion et leur félicité éternelle.

Voici ce qu'en dit Thomas Bozius, qui fait autorité parmi les savants et les catholiques, dans son sixième livre des *Marques de l'Église* (marque vingtième) : « Le père François Xavier, envoyé par le pape aux Indes, tira de l'impiété païenne à la foi de Jésus-Christ trois cent mille hommes. » Salméron (tome xii, traité xime) en compte quatre cent mille; quelques auteurs qui ont fait depuis des recherches plus exactes, ont porté le chiffre jusqu'à douze cent mille. Plus bas, Salméron ajoute en parlant des hérétiques :

« Qu'ils nous donnent un d'entre eux (il parle des hérétiques) qui ait fait la dixième partie d'un tel voyage, car on compte de Rome au Japon vingt mille lieues d'Italie. » Quelle charité, si elle n'eût été supérieure, ne se serait épuisée et consumée dans un exercice si long, parmi tant de périls, de déserts, de mers, de brigands, de barbares, de pestes et de naufrages? Sur la mer des Moluques, il fit trois fois naufrage, et dans l'un de ces naufrages, il se sauva sur une planche après avoir flotté deux ou trois jours. Quel zèle ne se fût ralenti parmi tant de désagréments et de difficultés qu'il a si courageusement surmontées en bravant tout pour obtenir deux choses : les âmes égarées et le martyre? Quoique le martyre semble lui avoir manqué, je crois, pour mon compte, qu'il a mérité ce bonheur à plusieurs titres : il a autant de fois remporté la palme et la couronne qu'il a exposé sa vie au milieu des ennemis jurés de notre foi, qui certes l'auraient massacré, si Dieu ne l'eût couvert de son aile, afin qu'il fût plus souvent martyrisé.

C'était dans la fournaise d'amour et parmi les embrassements séraphiques de Jésus-Christ, qu'il trempait et durcissait son zèle et son courage. L'oraison était l'arsenal où il s'armait contre les obstacles et les difficultés; aussi ne manquait-il pas d'y avoir recours au milieu des plus nombreuses occupations; et si les affaires du jour lui dérobaient le loisir de traiter avec Dieu, il prenait sur le temps de son repos pour le réparer, et passait une grande partie de la nuit à prier. Il était si rempli de célestes consolations et de délices, que son cœur n'étant pas assez grand pour contenir de telles largesses, il s'écriait tout enflammé de l'amour divin, à l'exemple des chérubins : « C'est assez, Seigneur, c'est assez. » Ce grand cœur, qui ne pouvait se rassasier de peines et de travaux, criait sans cesse : « Encore plus, Seigneur, encore plus. » Il était rassasié à la première approche de son bien-aimé Jésus.

L'oraison et la connaissance de Dieu sont la source de la connaissance de soi-même et de l'humilité; vertu qui était aussi profonde dans saint François que les autres vertus qui reposaient sur ce fondement étaient élevées. Il cacha dix ans entiers sa dignité, et ne se fit connaître pour nonce apostolique que dans un cas de nécessité extrême, où il dut remplir cette fonction pour la gloire de Dieu. Il détestait autant le faste et l'orgueil que les hommes du monde en sont avides. Aussi s'écriait-il souvent en gémissant : « O arrogance, poison de la vertu chrétienne, que de dommages tu apportes journellement et tu apporteras jusqu'à la fin du monde! »

Il conserva pure et sans tache la fleur de la virginité tant en son corps qu'en son âme. Cette intégrité fut le vrai et unique baume qui empêcha son corps de se putréfier tant de mois après sa mort, au grand étonnement de tout le monde. Enfin, cet homme fut un vrai miroir de vertu, un modèle de toute sainteté et, pour le caractériser en un mot, l'homme vraiment apostolique, le digne héritier des apôtres, tant par le nom et le ministère que par la vertu, et, comme tel, placé dans le catalogue des saints par le pape Grégoire XV, l'an 1622.

Ceux qui se donneront la peine de lire la vie de ce saint apôtre et la relation faite à Sa Sainteté pour la canonisation, y remarqueront des effets de la puissance de Dieu, opérés par l'intercession de saint François, effets aussi admirable que ceux qu'a opérés quelque autre saint depuis seize cents ans. Il suffit de dire qu'il a ressuscité vingt-cinq morts ; mais dans ce nombre je ne pense pas qu'on ait compris deux jeunes gens que, depuis sa canonisation, il rappela à la vie à Rome. Le père de l'un des deux y alla, avec son fils ressuscité, porter le cercueil qu'on avait déjà préparé et le plaça devant l'autel du saint, dans l'église de notre maison professe de Rome, selon le vœu qu'il avait fait. Ce qui eut lieu en présence d'un grand nombre de personnes et au grand étonnement de toute la ville.

De plus, il a donné la vue à plusieurs aveugles, l'ouïe aux sourds, la parole aux muets; il n'y a aucune espèce d'infirmités ou de maladies qu'il n'ait guérie avant ou après sa mort; de sorte que je serais forcé de faire un gros volume tout nouveau, si je voulais rapporter les œuvres prodigieuses que Dieu a faites et qu'il fait encore tous les jours en Europe et aux Indes par les mérites de saint François Xavier (1).

II.

Le père Pierre Lefèvre.

La grâce de Dieu est une semence très-fertile et qui germe en tout lieu. Tout terrain lui est bon : qu'il soit noble ou roturier, docte ou idiot, riche ou pauvre. Le premier saint dont nous venons d'écrire la vie a appartenu à une illustre maison ; il a été élevé dans un vaste château et nourri parmi les grands. Mais celui dont nous allons parler était de très-basse naissance, né au village, et gardait les troupeaux ; ce qui ne l'a pas empêché de devenir plus illustre et plus admirable par sa vertu que les plus anciens

(1) Voyez sa vie, écrite par Tursellin, et la relation faite pour les procès de sa canonisation.

gentilshommes de toute l'Europe par leur noblesse.

Il naquit à Villaret, dans le diocèse de Genève, qui n'est remarquable que par la naissance de Pierre Lefèvre. La miséricorde divine sourit dès le berceau à cet enfant de prédilection, en le prévenant et le comblant de tant de grâces, qu'à l'âge de douze ans, ce jeune homme osa faire à Dieu le vœu de chasteté perpétuelle. Fatigué de passer sa vie à garder les troupeaux, et doué d'un bel et subtil esprit, il se rendit à Paris pour étudier les belles-lettres.

Sur la fin de ses études de théologie, il se mit sous la conduite de saint Ignace qui lui enseigna une théologie plus élevée et plus utile, en lui donnant les *Exercices spirituels,* la plus féconde et la plus sainte source de l'amour divin. Ce jeune homme s'y adonna tellement, qu'au plus fort d'un hiver très-âpre, dans un moment où la Seine était gelée, il se tint debout quelque temps dans une cour, la tête découverte, les yeux levés au ciel, abîmé dans une profonde contemplation. L'ardeur de son âme était si grande, qu'il ne sentait pas le froid. De retour à sa chambre, il ne se chauffait point du tout, quoiqu'il y eût un monceau de charbons. L'on remarqua que tout cet hiver il ne les alluma jamais et ne s'en servit que pour se coucher dessus, par esprit de pénitence.

Cette ferveur alla plus avant et le poussa à une sainte indiscrétion et témérité, comme il l'appelait lui-même, tolérable toutefois dans un novice; il persista à jeûner l'espace de six jours sans prendre une nourriture quelconque. Il fut le premier qui se donna à saint Ignace, auquel ensuite il adjoignit quelques autres compagnons.

Il enseigna la théologie à Rome au collége de la *Sapience*, c'est-à-dire à l'université de Rome, avec le père Laynez. Mais quoiqu'il fût très-savant et très-propre à cette profession, il était encore plus grand maître dans la théologie mystique, qui est propre à perfectionner les âmes. C'est pourquoi, en 1541, il fut envoyé en Allemagne pour y rétablir les affaires de l'Église, qui avaient besoin d'un secours tel que celui du père Lefèvre. Aussi y fit-il des choses très-grandes pour le service de Dieu. Ce fut en Allemagne qu'il trouva et gagna Pierre Canisius qui fut ravi de le voir. Voici comme il en parle dans une de ses lettres :

« Je suis arrivé heureusement à Mayence et j'y ai trouvé, au grand bien de mon âme, cet homme que je cherchais, si tant est que ce soit un homme, et non pas un ange de Dieu. Je n'a jamais vu ni ouï plus savant ni plus profond théologien, ni connu aucun personnage de si illustre si et rare vertu. » Illustre et rare témoignage, eu égard à la dignité de celui qui le donne.

La même année, il alla en Espagne, parcourut le Portugal et les Pays-Bas; partout il reçut un grand nombre de jeunes gens qu'il envoyait à Rome ou en Portugal. Parmi tous les premiers pères de notre ordre, Lefèvre avait la réputation d'être un des plus éclairés par Dieu et des plus versés dans les choses spirituelles. Comme il avait la prudence et l'habileté nécessaires au gouvernement, il arriva, lorsque saint Ignace fit des efforts pour se décharger de son généralat, que tous furent unanimes à mettre ce fardeau sur les épaules du père Lefèvre, en cas qu'ils fussent contraints de condescendre aux supplications de saint Ignace. Le pape l'avait député pour assister au concile de Trente, mais la mort survint et rompit ce projet.

Il revenait d'Espagne où il avait été envoyé une seconde fois pour y traiter quelques affaires importantes avec Philippe d'Espagne, qui fut plus tard roi sous le nom de Philippe II, quand la maladie l'atteignit à Barcelone; son courage néanmoins le traîna jusqu'à Rome, où il rendit sa sainte âme entre les mains de celui qui l'avait tant enrichie, l'an 1548.

Le père Oviédo, qui était alors à Gandie,

écrivit qu'une personne de grande sainteté et fort éclairée d'en haut avait été divinement avertie de sa mort, et même qu'elle l'avait vu parmi les plus grands saints du paradis, tout brillant de gloire. Toute la ville de Gandie, qui avait reconnu sa vertu, donna des preuves très-convaincantes de l'estime qu'elle en faisait, en lui présentant des cierges, des fleurs et autres choses semblables, et en continuant jusqu'aujourd'hui de fêter le jour de son heureux trépas (1).

Parmi les objets les plus remarquables de ses dévotions, on ne doit pas oublier qu'il était extrêmement affectionné aux anges, par l'aide et assistance desquels il a échappé plusieurs fois aux embûches des hérétiques, converti plusieurs âmes et obtenu d'autres faveurs fort singulières; aussi n'entreprenait - il rien sans les avoir consultés.

(1) Saint François de Sales, en consacrant *un autel au lieu même où Dieu fit naitre son bienheureux serviteur*, approuva le culte qu'on rendait au père Lefèvre dans la chapelle de Villaret. Ce culte y a persévéré jusqu'à nos jours. Il y a peu d'années, le R. P. général chargea le père Ailliou de déposer un tableau, comme ex-voto, dans la chapelle de Villaret. En Savoie, le père Lefèvre est connu sous le nom de bienheureux Pierre Favre, vrai nom de sa famille. (Voir la *Biographie universelle*, FAVRE).

Dans une tempête que saint François Xavier éprouva dans son retour de Malaca à Cochin, il invoqua spécialement Pierre Lefèvre, mort depuis plus d'un an. (*Note de l'éd. belge*).

Le père Lefèvre aimait la pauvreté à un tel point, qu'il mendiait, autant que possible, tout ce dont il avait besoin. Avant même que la compagnie eût défendu à ses membres de rien accepter pour les fonctions et le ministère qu'elle exerce, il en fit un vœu exprès; il s'obligea encore à mettre tous les ans ses petits objets, tels qu'images, bréviaires, et autres semblables, entre les mains du supérieur, afin de se détacher de toute chose, quelque petite qu'elle fût.

Ce père a fait plusieurs miracles pendant sa vie. Marie Vanhove, religieuse carmélite, à Bruges, a assuré, en présence de plusieurs témoins, qu'elle avait été autrefois délivrée, à Louvain, d'une maladie grave et très-dangereuse par le père Lefèvre; il lui découvrit aussi quelque secret de conscience que personne au monde, hormis Dieu et elle, ne pouvait savoir. Et quand même ceci n'aurait pas eu lieu, les conversions qu'il a faites partout sont miraculeuses.

Un jour, un savant personnage vint le trouver, et le pria de lui donner quelque instruction; le père lui dit qu'il avait à réfléchir quelquefois sur ces antithèses : Jésus-Christ est couché sur une dure croix, et moi sur un lit mou; Jésus est abreuvé de fiel et de vinaigre, et moi je bois des vins très-délicats; et quelques traits semblables. Cet homme ne fit guère cas de ces paroles, en disant que souvent il avait entendu de tels sermons. Peu de jours après, il se trouvait dans un festin, où ces antithèses lui vinrent à la mémoire et le touchèrent si vivement, qu'il quitta soudain et table, et banquet, et le monde, pour se faire religieux. Il fut constant dans cet état. On a remarqué cette merveille dans le père Lefèvre, que ceux qui avaient sucé le lait de sa doctrine et de sa piété n'ont jamais rebroussé chemin ni quitté la vertu.

Un autre jour, il fut pris par des Français qui étaient à la fois voleurs et soldats. Il les exhorta avec tant de succès, que le chef et quelques autres se confessèrent à lui avec un grand repentir; tous devinrent meilleurs, pleins de bonne volonté, et persévérèrent. Ceci me rappelle le père Sébastien Cabarase, mort à Syracuse en 1605, en grande opinion de sainteté. Un jour, ce père fut pris par des bandits et accablé de coups qu'il endurait avec gaieté et un visage riant. Les voleurs, étonnés de sa modestie, le firent asseoir comme convive à leur table; là, il se mit à pleurer. Interrogé pourquoi il pleurait, tandis qu'il riait tantôt au milieu des coups, il leur dit qu'il pleurait le malheur éternel qui les menaçait; il les toucha si profondément par ses paroles, qu'il leur fit faire à tous une confession générale de toute leur vie. Après avoir obtenu leur pardon des princes et des magistrats, il les retira de ce misérable état, les amena en ville, et plusieurs d'entre eux se firent religieux.

Je finirai par un honorable témoignage que M. de Sales, très-savant et très-pieux évêque de Genève, donne au père Lefèvre dans le seizième chapitre de son *Introduction à la vie dévote :*

« Le grand Pierre Lefèvre, premier prestre, » premier prédicateur, premier lecteur de théo- » logie de la saincte compagnie de Jésus, et pre- » mier compagnon du B. Ignace, fondateur d'i- » celle, venant un jour d'Allemaigne où il avoit » faict de grands services à la gloire de nostre » Seigneur, et passant en ce diocèse, lieu de sa » naissance, racontoit qu'ayant traversé plusieurs » lieux hérétiques, il avoit receu mille consola- » tions d'avoir salué, en abordant chaque paroisse, » les anges protecteurs d'icelles, etc. » Et plus bas : « Je fus consolé cette année passée de con- » sacrer un autel sur la place en laquelle Dieu fit » naistre ce bienheureux homme au petit vil- » lage de Villaret, entre nos plus aspres mon- » taignes. »

Ce saint homme opère une quantité de mira- cles en Savoie, et principalement au lieu de sa naissance, où il est visité par un tel concours de monde, que, l'an 1619, on y compta, à

Noël, cent vingt curés des villages voisins, qui s'y étaient transportés processionnellement avec croix et gonfanons, et suivis de leurs paroissiens. Le marquis du Val-Romain, Français, lui a dédié une belle table de bronze cette même année, et il a composé lui-même la vie du père Lefèvre pour faire connaître cet homme de Dieu.

III.

Le père Jacques Laynez.

Au jugement même de saint Ignace, la Compagnie de Jésus a autant d'obligations de reconnaissance au père Laynez qu'à tout autre qui a jamais honoré ce corps par sa science et sa vertu ; et cela non-seulement pour l'avoir gouvernée avec prudence et avec succès, pendant quelques années, en qualité de général, mais encore et surtout pour le crédit et l'autorité qu'il lui a acquis et laissés comme un trésor de grand prix, très - nécessaire aux fonctions qu'elle exerce.

Le père Laynez naquit en 1512 à Almazan, dans le royaume de Castille, de parents riches et honorables. Son père s'appelait Jacques, sa mère Isabelle Govez de Léon. Ils lui firent étudier la grammaire à Soria et à Siguenza, puis la

philosophie; il prit le grade de maître ès arts.
Ses parents l'envoyèrent ensuite à Paris, où il
désirait aller, tant pour faire son cours de théologie que pour voir saint Ignace dont le souve-
nir de piété était encore présent à Alcala. Il vit
Ignace et embrassa son genre de vie, après avoir
fait les *Exercices spirituels* sous ce guide habile.

Nous ne répéterons plus ce que nous avons dit
dans la vie de saint Ignace. Laynez partit avec
ses neuf compagnons pour l'Italie ; pendant ce
voyage, tous souffrirent beaucoup. Laynez semblait vouloir remporter le prix sur les autres.
tant il montrait de courage et de charité. Chargé
de ses livres et de ses écrits, et couvert d'un
gros cilice, il était le premier à gravir les mon-
tagnes; il sondait les gués des rivières et les
passait le premier. Quoique petit de taille, il
chargeait les plus faibles de ses compagnons sur
ses épaules et les portait à l'autre rive. Il entra
nu-pieds à Rome par dévotion; de Rome, il alla
à Venise, puis à Vicence, où il supporta avec ses
compagnons les effets de la plus grande pauvreté.
Souvent, après avoir prêché, il mendiait de porte
en porte, sans trouver dans toute cette ville,
quoique d'ailleurs assez généreuse, quelqu'un qui
lui donnât un morceau de pain. De Vicence, il retourna à Rome, et par ordre du pape, il fit la
scolastique au collége de la *Sapience;* ensuite le

4.

pape l'envoya, en 1539, avec le cardinal de Saint-Ange, à Parme et à Plaisance, où il recueillit tant de fruits, qu'on rapporte qu'il donna les *Exercices spirituels* à plus de cent personnes à la fois.

Ce fut dans cette ville qu'il gagna à la compagnie, avec plusieurs autres, le père Benoît Palmio, qui a été depuis un des meilleurs prédicateurs de son temps. Ce jeune homme était attaqué d'une maladie qui l'avait réduit à la dernière extrémité, lorsque ses parents le recommandèrent enfin au père Laynez; ils prièrent ce religieux de dire une messe pour leur enfant. Laynez le fit; puis il s'approcha du lit du malade, l'encouragea, en l'assurant qu'il ne mourrait pas cette fois. Le jeune homme fut guéri aussitôt. Depuis, il entra dans la Compagnie, où il travailla très-utilement.

Un jour il reçut de saint Ignace l'ordre de prendre une nouvelle soutane à la place de celle qu'il portait et qui était entièrement rapetassée. Malgré les prières qu'on lui avait faites, il n'avait pas voulu la quitter, tant il chérissait la pauvreté.

Il parcourut différentes autres villes d'Italie, répandant partout l'odeur de ses vertus et sa doctrine. Mais toutes ces actions n'étaient que le prélude du rôle qu'il devait jouer sur l'illustre théâtre de Trente, où le concile fut assemblé par l'ordre de Paul III. Ce pape y envoya des théologiens, parmi lesquels il choisit particulièrement les pères Laynez et Salmeron, sans tenir compte de l'âge, car Laynez n'avait pas plus de trente-quatre ans, ni Salmeron plus de trente. Ils partirent de Rome, munis des ordres et des avis de saint Ignace, dans l'intention de les garder et de les exécuter de point en point. Ils n'assistèrent jamais au concile pour émettre leurs opinions, sans avoir d'abord soigné les pauvres de l'hôpital, entendu leur confession, et enseigné la doctrine chrétienne aux enfants.

Je dirai tout ensemble en un mot ce qui se passa en différentes fois au saint concile, car ils y assistèrent sous les papes Paul III, Jules III et Pie IV. Sous ce dernier, Laynez avait rang parmi ceux dont la sentence était définitive. D'après les rapports des cardinaux et des évêques les plus célèbres qui assistaient au concile, il fut regardé comme l'homme le plus éminent de son siècle. Il harangua souvent pendant trois heures entières, au milieu d'un silence et d'une attention tels, qu'un jour la plupart des auditeurs, afin d'être plus près de l'orateur, commencèrent à remuer les chaises et à s'approcher de lui : par là on fut contraint de le placer au milieu de la salle, afin que chacun pût mieux l'entendre. Il annonça dans sa première harangue qu'il ne citerait aucun auteur qu'il ne l'eût entièrement lu; il se mit à en citer tant, qu'on en compta une fois trente-six, parmi lesquels quelques-uns, comme Tostat et autres, suffiraient déjà pour occuper la vie d'un homme d'étude.

Les légats voulaient toujours qu'il posât la question et qu'il émît son avis le premier, de manière que dans quelques sessions où il ne put se trouver à cause de son indisposition, ils ne voulurent pas qu'on mît sur le bureau aucune pièce de controverse, les remettant toutes aux jours auxquels la fièvre quarte l'aurait quitté. La science relève le lustre et rehausse l'éclat des vertus, comme la feuille couchée sur le chaton relève celui des pierres précieuses.

Le père Jacques Ledesma, personnage renommé par son savoir, a assuré que souvent il avait souhaité de se retrouver à l'époque de saint Augustin et de saint Jérôme, mais qu'ayant connu le père Laynez, il s'était contenté, puisqu'il avait atteint le comble de son désir et trouvé un second Augustin.

Le père Araoz, supérieur des Jésuites en Espagne, écrivit à saint Ignace que, pendant les quatre mois que les pères Laynez et Salmeron furent à Trente, ils avaient fait plus de fruit et procuré à la Compagnie plus de renom et de crédit en Espagne, que ni lui ni tous leurs autres compagnons n'avaient fait en plusieurs années. Mais ce fruit se répandit bien plus loin ; car les prélats qui composaient le concile, ayant connu la Compagnie par ces deux personnages, plusieurs désirèrent et obtinrent des colléges dans leurs pays et leurs diocèses. Outre les colléges de Grenade, de Placencia et de Murcie en Espagne, ceux de Paris, de Billom et de Mauriac en France, d'Ingolstadt et de Trèves en Allemagne, on fonda les colléges de Tournay, de Saint-Omer et de Douai dans les Pays-Bas. Tous servirent peu à peu de pépinière à plusieurs autres. De retour de Trente, Laynez prêcha au plus fort de l'été dans la grande église de Florence, avec un tel concours et une telle assiduité d'auditeurs, que les jours ouvriers, selon l'opinion commune, son auditoire se composait de huit mille personnes et au delà. Le père Laynez, voulant assaisonner ses sermons par son exemple, ne logeait qu'à l'hôpital et ne vivait que d'aumônes. De Florence, il alla à Vérone sur la demande du légat du pape, puis à Gubbio, où il avait été mandé par le cardinal de Sainte-Croix ; ensuite à Venise ; de là à Mont-Réal en Sicile. Dans toutes ces villes, il fit des merveilles par le rétablissement de la paix et le changement des mœurs. Tout le monde avait de sa vertu et de sa prudence une opinion si grande, qu'un couvent de religieuses se laissa tout à fait réformer par lui. Ces religieuses affirmaient, peu de temps après, qu'un jour que le père Laynez disait la messe dans une chapelle pour leur donner la communion avant qu'elles fissent l'élection d'une nouvelle abbesse, plusieurs d'entre elles virent une colombe sur sa tête; preuve évidente de la grâce que le Saint-Esprit lui communiquait.

De Sicile, il passa en *Barbarie,* en 1550, sur la demande de don Juan de Vega qui voulut l'avoir pour administrateur de l'hôpital de l'armée qui allait au siége de Tunis. Dans cette fonction, il mit au jour plus que jamais les trésors de sa rare charité et le mépris de lui-même, avec lesquels il gagna tellement le cœur des soldats, que le jour où l'on donna l'assaut général à la ville, plusieurs d'entre eux confièrent hardiment et donnèrent en dépôt au père Laynez les objets considérables ou minimes qu'ils avaient, afin qu'il les gardât, ou bien que, si Dieu disposait d'eux pendant l'assaut, il en fît ce que bon lui semblerait. Ces paroles l'engagèrent à prier pour eux avec ferveur durant le temps du péril. Sa prière fut efficace : aucun de ceux qui lui avaient confié quelque chose ne périt dans l'assaut.

Saint Ignace mourut en 1556, au moment où

le père Laynez était gravement malade; ce qui ne l'empêcha pas d'être nommé vicaire général. En 1558, le 2 juillet, la congrégation des pères assemblés à Rome l'élut général de toute la Compagnie; chose prédite par saint Ignace longtemps auparavant. La même chose avait été prédite par le père Sébastien Roméo, personnage de très-sainte vie. Il est impossible de dire avec quelle sagesse et quelle utilité il s'acquitta de cette charge, combien de colléges et de missions furent établis de son temps. Le pape Pie IV envoya en France, en 1561, le cardinal de Ferrare en qualité de légat, et avec lui le père Laynez, dans l'intention d'éteindre le feu que les pernicieuses et détestables menées des hérétiques avaient allumé dans ce royaume autrefois si florissant. La reine mère Marie de Médicis, tutrice du jeune Charles IX, avait convoqué une assemblée en forme d'états à Poissy, où se trouvèrent Théodore de Bèze, Pierre Martyr, Marlorat et d'autres sectaires huguenots, qui poussèrent l'audace si loin que de proposer et d'étaler en public leurs erreurs et leurs fausses doctrines. Le père Laynez en eut le cœur rempli d'angoisses et fut indigné de voir une chose aussi abominable. Quoique Espagnol, il se mit à haranguer en italien avec autant de gravité que de science, et, s'adressant à la reine, il lui fit voir le tort qu'elle faisait à son rang et à l'honneur de son royaume en donnant une liberté si injuste aux ennemis de notre foi, sans l'autorisation du chef de l'Église. Après avoir ainsi parlé, il dirigea ses attaques contre les huguenots et flétrit les mensonges et les tergiversations qui[1], comme des brouillards, avaient couvert les yeux des auditeurs. Ensuite il se mit à exhorter les catholiques à tenir ferme dans leur ancienne croyance. Il le fit avec tant de force et de tendresse de cœur, qu'il répandit d'abondantes larmes et en fit répandre à ceux qui l'écoutaient. Je sais que les huguenots et d'autres gens masqués et déguisés en catholiques, aussi peu affectionnés à notre ordre qu'à l'Église romaine, ont tenté de noircir et d'offusquer le lustre de cette belle action; mais les témoignages des prélats qui assistaient à ce colloque les démentent tout à fait. Quand même on n'aurait pas tous ces témoignages, celui que donna, en 1604, le roi Henri IV doit leur fermer la bouche. Importuné par sa cour et sollicité de ne pas admettre de nouveau les Jésuites en France, d'où il les avait chassés, sous prétexte qu'ils étaient inutiles et que, à diverses reprises, comme au colloque de Poissy, ils avaient fait paraître leur insuffisance et leur ambition, ce grand roi répondit : « Je veux que vous sachiez,

touchant Poissy, que si tous eussent aussi bien
fait qu'un ou deux Jésuites qui s'y trouvèrent,
les choses y fussent mieux allées pour les catholiques ; on reconnut dès lors non leur ambition, mais leur *suffisance*. » Ces paroles furent
rapportées par le seigneur de Mesat qui les recueillit de la bouche du roi (1).

(1) Lors de la guerre de François Ier avec Charles-Quint, le
monarque français ordonna à tous les étrangers de sortir de
son royaume. Huit disciples de saint Ignace quittèrent Paris
pour se retirer dans les Pays-Bas ; ils partirent pour Bruxelles,
ayant à leur tête Domenech, Espagnol. Les villes de Liége,
de Louvain et de Cologne furent le théâtre de leurs vertus
et de leurs prédications évangéliques. Le clergé de Cologne
envoya le père Canisius demander du secours au clergé de
Liége pour la basse Allemagne. Pendant la négociation, le père
employa ses moments de loisir au ministère de la parole
de Dieu. Comme il *instruisait* les fidèles des vérités essentiel-
les et fondamentales de la foi, des mœurs et du culte, *au
moyen de catéchismes*, ses auditeurs étaient nombreux. Le
prince évêque, Georges d'Autriche, non content du seul plai-
sir que donnait la conversation de cet homme extraordinaire,
l'engagea à prêcher de temps en temps dans son palais, en
présence de toute sa cour. Ce prélat était fils de Maximi-
lien Ier et oncle de Charles-Quint.

Le père Canisius laissa à Liége une haute idée de la Compagnie de Jésus. Cette réputation fut soutenue l'an 1556 ou
1557, par Salmeron et Ribadeneira, si connus par leurs
doctes écrits.

« Ces deux hommes accompagnaient par ordre de Sa Sainteté le cardinal de Motula et le cardinal Charles Caraffa, légats
du saint-siège. Pendant leur court séjour à Liége, le père
Ribadeneira fit dans l'église de Saint-Lambert deux sermons
latins qui lui acquirent tant de réputation ainsi qu'à la Com-

Pendant ce temps, Laynez prêcha en italien les avents à Paris, au couvent des Augustins. Il ne cessait de parcourir la ville; il visitait chaque monastère et chaque collège, en exhortant chacun à la fermeté et en donnant les bons conseils et les avis propres à cette fin. On ne pouvait l'empêcher de se trouver avec les hérétiques et de déclamer contre leurs erreurs, en sorte qu'on

pagnie, que Robert de Berghes, successeur de Georges d'Autriche, forma dès lors le dessein d'orner sa capitale d'un collège de Jésuites. Il écrivit, pour cet effet, plusieurs fois au père Laynez, qui avait été élu général ; mais la Compagnie, quoique déjà très-nombreuse, ne l'était pas encore assez pour pouvoir envoyer des sujets dans tous les endroits où ils étaient demandés avec empressement. (*) »

Laynez, général, passa par Liége, à son retour de Poissy, tenu l'an 1562, mais il n'y séjourna que très-peu de temps. Il était venu en Belgique pour traiter des affaires de religion avec la gouvernante Marguerite d'Autriche.

L'évêque ne put encore obtenir l'objet de ses instances ; ce ne fut qu'en 1566 que Gérard de Groesbeck obtint du général Laynez six membres de l'ordre, qui devinrent missionnaires dans le diocèse du prince ; en 1574, l'évêque sépara des fonds de l'évêché le prieuré de Saint-Severin et celui de Munau et en dota les Jésuites pour le collège futur.

Laynez est le seul général de la Compagnie de Jésus qui soit venu en Belgique, jusqu'à la suppression. Mais lorsqu'en 1849 les Jésuites furent chassés de Rome et dispersés, le père Jean Roothaan, né à Amsterdam le 20 novembre 1785, vingt et unième général de la Compagnie, élu le 9 juillet 1829, visita les différentes maisons de son ordre en Europe, et séjourna en Belgique depuis le 4 août jusqu'au 3 octobre.

(*) *Les délices du pays de Liége*, par Everard Kints, t. ɪ, p. 212.

l'avertit d'être sur ses gardes, d'autant plus que les huguenots en voulaient à sa vie. Il en sourit, étonné qu'on le menaçât d'une chose qu'il désirait uniquement.

De France, il retourna encore au concile de Trente, ensuite à Rome ; là, cassé et rompu par les travaux, il se mit au lit, d'une maladie qui le conduisit peu à peu au tombeau. En apprenant qu'on faisait beaucoup de prières et de pèlerinages pour sa santé, il en fut fort triste, comme un homme qui ne souhaitait rien de plus que que d'être délié de ce corps et de jouir de Dieu. Il répétait souvent ces paroles : *Ut quid adhuc terram occupo? Pourquoi occupé-je encore la terre, serviteur inutile, et tiens-je la place d'autrui?* Un seul point le contrariait un peu : c'est qu'il ne mourait pas comme un soldat valeureux, les armes à la main ; il aurait tant désiré que la mort l'eût surpris dans une chaire, combattant contre les hérétiques. Il rendit son âme à Dieu le 19 janvier 1565, dans la cinquante-troisième année de son âge, la treizième de son généralat, qu'il avait essayé plusieurs fois de déposer, mais en vain.

Il laissa à tous un bel exemple de ses vertus et un regret si grand de sa mort, que plusieurs cardinaux et autres personnages distingués qui avaient été plusieurs années à Rome, disaient qu'ils n'avaient jamais vu mourir un homme qui causât tant de douleur et fût aussi universellement regretté de toute la cour. Le cardinal Alexandrin, religieux de l'ordre de Saint-Dominique, qui devint pape sous le nom de Pie V, dit que le saint-siége avait perdu la meilleure lance qu'il eût pour se défendre.

Il avait refusé les évêchés de Majorque et de Laybach, l'archevêché de Pise et le chapeau de cardinal que le pape Paul IV voulait absolument mettre sur sa tête; Laynez employa tant de moyens et fit tant de démarches pour décliner cet honneur et parer ce coup, que ceux mêmes qui poussaient à sa promotion en eurent pitié. Après la mort de Paul IV, les cardinaux assemblés, ne pouvant s'accorder pour l'élection d'un nouveau pontife, avaient trouvé bon d'appeler le père Laynez pour prendre son avis; mais il était à peine entré, qu'ils parlèrent de le faire pape. Le père Laynez, s'apercevant de leur dessein, se retira adroitement et retourna chez lui; ce qui ne l'empêcha pas d'obtenir douze suffrages.

Ces faits et d'autres semblables, que nous venons de rapporter ci-dessus, ont été déclarés par divers prélats, par plusieurs cardinaux, et notamment par Otto Truchses, évêque d'Augsbourg et cardinal, qui, dans l'oraison funèbre qu'il prononça, le 16 février de la même année, aux obsèques du père Laynez, à Dillingen, raconta ce que je viens de dire.

Le témoignage de ce prélat doit être d'autant plus digne de foi, qu'il était présent à toutes les sessions du concile et à cette élection du nouveau pape. Il connaissait particulièrement le père et faisait grand cas de sa vertu et de son savoir.

Le père Laynez avait une grande dévotion envers la bienheureuse Vierge Marie, mère de Dieu (dévotion qu'il légua pour toujours aux enfants de la Compagnie). Ce fut en l'honneur de l'immaculée Conception qu'il harangua au concile de Trente, trois heures entières, quoique affaibli par la fièvre et résolu de ne dire que quelques mots. Mais la fervente et filiale affection qu'il portait à la Mère de Dieu l'enleva en quelque sorte à lui-même, afin d'enlever le cœur des auditeurs et de les porter tous à embrasser cette opinion, qui est si honorable à la Mère de Dieu.

IV.

Le père Alphonse Salmeron.

Salmeron, le plus jeune des premiers compagnons de saint Ignace, égalant presque les plus vieux en zèle et en courage, était aussi

Espagnol et natif de Tolède. Homme vertueux et très-savant, il a, suivant les traces de son père, fait autant de bien à l'Église que d'honneur à notre Compagnie.

Le pape Paul III l'envoya en Irlande avec le titre et le pouvoir de nonce apostolique, pour confirmer cette fidèle et catholique nation qui commençait à craindre que l'orage qui menaçait ses voisins ne vînt fondre sur sa tête. Salmeron remplit ses fonctions en véritable apôtre, marchant à pied, plus chargé de croix que d'argent. Poursuivi par Henri VIII, roi d'Angleterre, ennemi juré du saint-siége, il se sauva en Écosse par ordre de Sa Sainteté qui lui envoya de nouvelles lettres patentes pour remplir les mêmes fonctions dans ce royaume.

Il vint ensuite en qualité de second théologien du pape au concile de Trente, où il mérita une bonne partie des louanges que nous avons données au père Laynez.

En 1556, par l'ordre du pape Paul IV, il accompagna le cardinal de Pise dans un voyage qu'il fit aux Pays-Bas. Étant de retour, il partit encore avec le cardinal Lipoman pour la Pologne; de manière qu'il fut le premier de la Compagnie qui mit le pied dans ce royaume et qui y jeta la semence de tant de colléges que nous y avons maintenant (en 1622).

Le pape lui sut très-bon gré de ses services.

L'an 1557, il le renvoya de nouveau aux Pays-Bas, ayant pour compagnon le père Pierre Riba-deneira; ils accompagnaient tous deux Charles Caraffa, cousin du pape. Ribadeneira demeura à Bruxelles; Salmeron retourna à Rome, d'où il passa à Naples, puis en France, pour s'opposer aux doctrines des huguenots. De France, il revint encore à Rome, puis encore à Naples, d'où le pape le manda pour être son prédicateur, car c'était un vrai Chrysostome en chaire. En voici des preuves.

En 1564, il fut entendu à Venise avec un tel concours de monde, que les plus graves sénateurs de cette république devaient se rendre à l'église quelques heures avant le temps de ses sermons pour pouvoir trouver place. Son nom s'était tellement répandu dans cette ville, que même les enfants le montraient au doigt et disaient avec respect et applaudissement : « Le voilà ce grand homme de Salmeron! » C'est de la fumée; voici le feu.

Un jour, il se donna carrière et fit une longue invective sur la vanité des femmes peu modestes dans leur parure, et parla avec tant de force et de succès, que le même jour dix des plus grandes dames changèrent de toilette et furent bientôt suivies de plusieurs autres.

Un autre jour, il blâma avec une sainte liberté

la conduite des sénateurs qui donnaient aux hérétiques la liberté de rester à Venise. Le conseil
s'assembla soudain et porta un décret qui en peu
de jours les fit tous sortir ou se cacher.

Après avoir prêché quelque temps devant le
pape, il retourna pour la dernière fois à Naples,
où il s'adonna tout entier à expliquer la sainte
Écriture. Il rendit par là beaucoup de services à
tous ceux qui désirent prêcher ou comprendre
les saintes lettres, comme on peut le voir par les
livres qu'il a laissés à la postérité.

La ville de Naples lui sut gré d'avoir décou-
vert les *petits renardeaux* d'hérétiques qui s'é-
taient adroitement glissés dans cet État et com-
mençaient à y jouer leurs tours et leurs finesses.
Le père Salmeron leur donna la chasse, et mit
si bon ordre à boucher les avenues, que, Dieu
merci, ils n'ont plus osé y reparaître.

Il mourut en 1585, dans la soixante-neuvième
année de son âge. Lorsqu'on le mettait en terre,
un gentilhomme napolitain dit avec regret :
« C'est à bon droit que nous regrettons un tel
homme qui a été le bouclier de l'Église et le mar-
teau des hérétiques. » Le peuple et les nobles de
Naples s'assemblèrent en grand nombre dans
notre église pour honorer ses obsèques ; on ne
put empêcher qu'on lui arrachât tous les ongles,
la barbe et les cheveux, que l'on emporta comme

reliques d'un si grand homme que l'on tenait
pour saint.

V.

Le père Nicolas Bobadilla.

Quoique les dix premiers pères de notre ordre
fussent très-différents d'âge, de caractère et de
nation, et qu'il y eût même peut-être une dif-
férence de savoir et de vertu, néanmoins il n'y
eut aucun d'eux qui ne fût suffisamment et
même à un degré fort relevé pourvu de science
et de zèle, deux moyens puissants avec lesquels
ils devaient racheter tant d'âmes et faire la réputation de leurs successeurs. Le père Bobadilla,
aidé de son naturel, fit preuve de ce zèle autant
que tout autre de ses compagnons, et le montra
surtout en Italie, en Allemagne et en Dalmatie.

Il commença par la ville de Naples, où surtout il s'est fait remarquer en éteignant le feu des
dissensions et des inimitiés qui existaient parmi
les grands. De là il alla en Calabre, puis à Ratisbonne avec le père Lejay, à Inspruck et à
Vienne où il fut mandé par Ferdinand, roi des Romains ; à Nuremberg, avec le nonce apostolique,
pour la diète qui devait y avoir lieu, mais qui
ne fut pas tenue. C'est pourquoi il retourna à

Vienne, où entre autres conquêtes il gagna à Jésus-Christ un seigneur de qualité que le roi n'avait jamais pu fléchir, et le ramena au bercail de l'Église. Il ramena aussi quelques chrétiens renégats qui avaient embrassé la secte de Mahomet. Mais ce qui lui donna beaucoup de crédit, ce fut la conversion d'un gentilhomme luthérien; il se donnait pour savant et osa se présenter au champ de bataille et défendre les erreurs de son maître Luther, mais avec la condition qu'il suivrait le parti contraire si le sien était le plus faible. Le père Bobadilla le convainquit de plus de cinquante faussetés, selon le témoignage du roi même et de six juges que l'on avait députés de part et d'autre. Le gentilhomme recula d'abord quand il s'agit de tenir sa promesse; il fut confiné dans quelque monastère où il se laissa gagner entièrement par le père, et mourut dans le giron de l'Église catholique.

Il accompagna ensuite l'évêque de Passau, qui se rendait à l'assemblée de Spire; de là il vint à Worms avec le nonce apostolique et traita avec l'empereur de l'affaire du concile, insistant auprès de lui, comme il le fit auprès d'autres, sur ce point important, que sans l'autorité de l'Église on ne tînt aucun concile national. Il se rendit à Ratisbonne où il fit encore beaucoup pour le bien de l'Église; aussi le pape lui envoya-t-il des lettres pour l'encourager à poursuivre ses entreprises vertueuses et chrétiennes. La ville de Cologne lui doit aussi beaucoup.

Le concile de Trente ne se fût pas privé de sa présence, si elle n'eût été jugée nécessaire à l'armée. Il y fut chargé, par ordre du cardinal Alexandre Farnèse, légat, de l'hôpital des troupes italiennes que le seigneur Octave, son frère, conduisait contre les protestants. Bobadilla fut blessé à la tête et atteint de la peste. En revenant de l'armée, il faillit être tué par des brigands, des mains desquels il dut s'échapper en chemise. Toute l'Allemagne, en temps de paix comme en temps de guerre, a senti la force de sa charité et la vivacité de son esprit ; mais son zèle et sa franchise ne plurent pas à tout le monde. Il ne pouvait digérer ce misérable *Intérim* qui entérina la requête des hérétiques et qui leur fit lever la tête au préjudice de la religion, quoique les princes le leur accordassent dans le dessein de les calmer, comme on le fait quelquefois par amour de la paix. Bobadilla attaqua souvent l'*Intérim* par ses paroles et par ses écrits; ce qui fut cause que ceux qui l'avaient demandé et obtenu firent en sorte auprès de l'empereur qu'on le congédia et qu'il retourna à Rome, après tant d'honorables expéditions, plus chargé de mérite et de réputation que de richesses, qu'il

fuyait comme la peste. Il n'avait rien tant à cœur
que la pauvreté religieuse, de manière qu'il bai-
sait bien souvent avec un grand sentiment de
dévotion sa soutane et ses vêtements déchirés.
Malgré les efforts du roi des Romains pour lui
faire accepter un évêché, il ne put jamais le dé-
cider, tant le père Bobadilla aimait la pauvreté.
La Compagnie avait besoin d'hommes capables et
dignes d'être évêques, et non d'évêques. Notre
père saint Ignace fut contraint de fermer *à double cadenas* et par un vœu spécial la porte aux
dignités et prélatures, voyant que de neuf pro-
fès qu'il avait en 1544 ou environ, on en demandait cinq pour divers évêchés et archevêchés.
Le père Bobadilla prêcha depuis à Naples et y
remplit d'autres fonctions avec un tel fruit, que
le démon, jaloux de ces progrès, excita quelques
malveillants à empoisonner le père. Le poison
n'eut pas d'effet; le père guérit, et ne laissa pas
de parcourir un grand nombre d'évêchés, à la
sollicitation des évêques. Il passa dans la Valte-
line, puis en Dalmatie, où l'on fit venir ensuite
quelques pères de la Compagnie pour achever,
par leurs bons exemples et leur savoir, l'œuvre
commencée par le père Bobadilla, qui, à force
de soins, avait ramené au devoir les ecclésiasti-
ques qui s'en étaient écartés.

Il a fait d'autres belles actions, très-utiles au

bien public, que j'omets à dessein pour ne pas ennuyer le lecteur par des redites. Bobadilla, le dernier des compagnons d'Ignace, est mort à Lorette le 25 septembre 1590.

VI.

Le père Simon Rodriguez.

Le père Simon Rodriguez est renommé parmi nous comme un homme de grande prudence et de grande vertu, à qui le Portugal et les Indes doivent beaucoup. Il a bâti les colléges de Coïmbre, de Lisbonne et autres. Chaque année, de nouveaux laboureurs sortaient de ces belles et fertiles pépinières pour défricher les terres du Levant.

Ce père, peu après sa conversion, allant avec des compagnons de Paris à Meaux, fut atteint d'un ulcère qui exhalait une si forte puanteur, qu'on avait horreur de s'en approcher : il ne pouvait faire un pas; accident qui empêcha ces bons pères de poursuivre leur chemin et d'arriver à Venise. Ils résolurent toutefois de ne pas abandonner leur compagnon. Leurs prières furent exaucées; le père Simon se trouva tout guéri et délivré de son mal, qui se dissipa sans laisser aucun vestige, de manière que le lendemain il se mit en marche avec les autres. Saint Ignace, ayant ensuite reconnu sa vertu et son courage, le destina pour être le compagnon de saint François Xavier qu'il alla rejoindre en Portugal. En attendant le moment propre à faire voile, ils se préparèrent aux travaux des Indes. Ils n'avaient d'autre logement que l'hôpital. Le roi était bienfaisant et désireux de les loger en son palais, comme ils le méritaient; mais eux se montraient d'autant plus déterminés à maintenir ce bel et saint exercice d'humilité. Le Portugal ne connut pas plus tôt leur nom que leurs vertus, et le feu du Saint-Esprit, que portaient partout ces deux apôtres (car ce fut alors qu'on commença à leur donner ce nom qui leur est demeuré par succession jusqu'à nous) n'était pas plutôt allumé dans un endroit du royaume qu'un autre commençait à s'embraser. Ce qui fut cause que le roi, engagé par les grands et les seigneurs de sa cour, trouva bon de retenir chez lui un trésor de si grand prix; car la charité bien ordonnée commence par soi-même; et quelque petite part qu'on en donnât aux Indiens, le Portugal en souffrirait. Toutefois, quand il eut entendu dire que saint Ignace était d'avis de faire une séparation, il fut content. Saint François fut envoyé seul aux Indes; Simon, malgré les désirs qu'il eut de partir et de suivre son compagnon, dut rester en Portugal. De là il est facile de comprendre de quel crédit et de quelle réputation il jouissait, puisqu'on voulut le retenir de préférence à saint François Xavier. D'autres fois encore l'idée lui vint de s'enfuir en Éthiopie, ou de se joindre à ceux qui allaient au Brésil, tant il était altéré du martyre qu'il espérait trouver dans ces pays ; mais jamais il ne put obtenir de sortir de ce royaume, où il fit de grandes choses. Outre le collége de Coïmbre que le roi dota suffisamment pour l'entretien de plus de cent personnes, plusieurs autres colléges lui doivent leur commencement et leurs progrès. Le roi le manda pour être précepteur du prince de Portugal ; le pape lui fit accepter cette place, qu'il sut remplir avec une très-grande prudence. Il fut aussi à diverses reprises provincial. Il opéra de nombreuses et étonnantes conversions, parmi lesquelles on compte celle d'un personnage distingué, ambassadeur d'un roi des Indes. Il fit enfin une quantité d'autres actions qui témoignent assez de sa vertu. Il guérit miraculeusement Vincent Rodriguez en l'embrassant religieusement, ainsi que le grand martyr Gonzalès Silveira, quoique tous les deux fussent déjà en lutte avec la mort.

Il décéda à Lisbonne, l'année 1579, la quarante-cinquième depuis sa conversion.

VII.

Le père Claude Lejay.

La même ville qui a produit les hérétiques qui infectèrent toute l'Europe, a aussi donné au monde, presque en même temps, le père Claude Lejay, dont la doctrine et la vertu leur ont écrasé la tête et pansé les plaies qu'ils avaient faites.

Le père Lejay naquit à Genève, cette vaste source d'erreurs et de séditions. Ce savant et vertueux personnage étrenna son zèle et sa charité à Brescia, à Faënza et dans d'autres villes d'Italie. De là, il fut envoyé par le pape à Ratisbonne pour rabattre l'orgueil des protestants. Il s'y rendit avec la résolution de faire le bien ou de perdre la vie. Comme on le menaçait de le précipiter dans le Danube, il disait, en riant, « qu'il irait aussi volontiers en paradis par eau que par terre. » Il se retira ensuite à Ingolstadt, où il succéda à Jean Eckius dans la chaire de théologie. Le pape l'en retira ; il voulut le donner à l'évêque d'Augsbourg, Otto Truchses, malgré l'opposition des habitants d'Ingolstadt. L'évêque l'emmena avec lui au concile de Trente. Les hérétiques l'admirèrent et le redoutèrent

dans les assemblées tenues à Augsbourg, à Ratisbonne et à Worms, où l'empereur et le roi des
Romains l'entendirent plusieurs fois prêcher
avec fruit et applaudissement. Le duc de Ferrare,
Hercule, en jouit aussi quelque temps et en retira un grand bien pour son âme ; mais il en fut
bientôt privé, car il ne l'avait obtenu que par
emprunt. Le duc Guillaume de Bavière, qui avait
goûté la doctrine et la prudence de cet homme,
présenta une requête au pape afin qu'il lui plût
d'envoyer quelques pères de la Compagnie comme
professeurs dans l'Académie qu'il venait d'ériger
à Ingolstadt ; il demandait nommément et avec
instance le père Claude. Celui-ci fut accordé ; les
pères Salmeron et Canisius lui furent adjoints
pour compagnons et collègues. Il recommença
donc de nouveau à expliquer la théologie ; mais
l'évêque et cardinal d'Augsbourg trouva mauvais
que l'Académie d'Ingolstadt eût le bonheur de
jouir seule de ce grand et industrieux ouvrier,
dont il connaissait par expérience la vertu et la
sagesse. C'est pourquoi il importuna Sa Sainteté
par des requêtes si fréquentes et si efficaces, qu'il
attira Lejay chez lui pour réformer son évêché.
C'était en vain que, quelque temps auparavant,
l'évêque d'Aste, chancelier de l'Académie d'Ingolstadt, avait écrit expressément au pape qu'il lui
plût d'empêcher qu'on ne leur enlevât ce trésor.

6.

Y eut-il jamais rien de plus brillant et de plus fort pour donner de la réputation à un homme et faire connaître sa vertu, que de voir les plus grands et les plus zélés des princes se disputer pour le retenir? Sans doute, une vertu médiocre ou une tête légère n'aurait pu se maintenir si haut sans vertige et sans se laisser aller à l'ambition. Mais le père Claude était trop affermi dans l'humilité pour se laisser gagner et abattre par l'avidité des grandeurs. On trouvera peu d'ambitieux qui aient brigué les évêchés avec autant de soin et de sollicitude que Lejay les a refusés. Le roi Ferdinand fit tous ses efforts, employa tout son crédit et même l'ascendant de plusieurs papes pour lui faire accepter l'évêché de Trieste, puis celui de Vienne. De son côté, le père Lejay remuait ciel et terre et briguait la faveur des grands pour ne pas être mis à la hauteur des grands, et il esquiva ainsi cet écueil. Il avait coutume de dire que l'odeur rebutante des ulcères et l'air méphitique d'un hôpital lui plaisaient plus que les parfumeries des courtisans, les galeries et les palais des princes.

Il mourut à Vienne en 1552. Il y était allé avec douze compagnons, sur la demande du roi Ferdinand, dans le dessein de réformer l'Académie de cette ville. Claude y acquit une grande réputation. Sa mort fut suivie d'un regret indicible,

Tous l'appelaient le *père* et le *patron des catholiques*, l'*apôtre de l'Allemagne*. Ce pays, l'Italie
et l'Autriche lui ont de grandes obligations. L'A-
cadémie d'Ingolstadt lui a fait cette épitaphe :

« CLAUDE LEJAY, de la Compagnie de Jésus, doc-
« teur et professeur de théologie, homme très-
» doux et très-affable, qui a toujours uni la
» science à la vertu ; homme saint, s'il en fut ja-
» mais en cette Académie, réputé tel des grands
» et des petits ; également chéri de tous et salu-
» taire à tous ; l'un des dix qui ont fondé la Com-
» pagnie de Jésus. Rappelé d'Ingolstadt à Vienne,
» il mourut en août 1552, et alla jouir de la
» gloire éternelle qu'il avait toujours eue à cœur
» et devant les yeux durant sa vie. Il avait vécu
» vingt-sept ans dans la Compagnie. »

VIII.

Le père Jean-Baptiste Codure.

Le père Jean Codure n'a pas vécu longtemps
dans la Compagnie ; aussi n'en dirai-je que quelques mots qui suffiront nour nous convaincre
qu'il a été un grand serviteur de Dieu, digne de
la prérogative d'être choisi pour l'un des pères et
l'une des pierres fondamentales de la Compagnie.

Ce bon père était Français de nation et naquit à Embrun. Il fit le premier après saint Ignace ses vœux de religion, avec tant de sentiment et tant de larmes de dévotion, qu'on craignait que son âme ne fût trop étroite pour recevoir ces saintes et violentes affections sans détriment pour sa santé. Lorsque les pères se dispersèrent par toute l'Italie, Codure eut Padoue et autres villes du territoire vénitien en partage. Ses sermons y firent grand effet. Il donnait des espérances certaines qu'il ferait un jour des merveilles dans la vigne du Seigneur; mais la mort vint le frapper et l'envoya au ciel avancer par ses prières les travaux de la Compagnie.

Il était né le jour de la Saint-Jean-Baptiste, dont il portait le nom; il fut ordonné prêtre à pareil jour, et mourut le jour de cette fête, à l'âge où Jean souffrit le martyre. Au moment où Codure rendait le dernier soupir, saint Ignace se trouvait sur le pont de Sixte : il s'arrêta tout court, les yeux fixés au ciel et transporté hors de lui; puis il rebroussa chemin, car il était sorti avec l'intention d'aller dire la messe pour la santé du malade à l'église Saint-Pierre, appelée à Rome *in Janiculo*, et dit au père Baptiste Viole qui l'accompagnait : « Retournons à la maison, notre Codure est mort. » Saint Ignace écrivit au père Lefèvre qu'un pieux personnage avait cru voir l'âme du père Codure, toute rayonnante de lumière, emportée au ciel par les anges pour y recevoir la couronne et la place qu'avaient méritées son innocence et sa pureté angélique. Il mourut le premier des neuf compagnons de saint Ignace, le 26 août 1541.

IX.

Le père Pasquier Brouet.

Notre père saint Ignace ne s'était pas plus trompé dans le choix qu'il fit du père Brouet que de ses autres compagnons. En apparence, il semblait, au premier abord, le céder à quelques-uns; mais les rares vertus et la prudence qu'il cachait sous les dehors d'une humble humilité, comme un feu sous la cendre, lancèrent bientôt de vives étincelles qui annonçaient ses grandes qualités et le mettaient à la hauteur des autres compagnons de saint Ignace.

Il était né à Amiens en Picardie. Entre autres charges dont il s'acquitta heureusement, il accompagna le père Salmeron que le pape avait délégué en Irlande en qualité de nonce apostolique. Dans ce voyage, il essuya beaucoup d'affronts et de désagréments. Au retour, il fut pris comme espion par les Lyonnais et emprisonné comme tel ; mais il sortit bientôt de prison pour continuer son voyage. Il a exploré l'Italie, puis la France, d'où il fut rappelé et envoyé à Bologne, et de là au mont Politian, pour recouvrer sa santé. Ce fut à la demande du cardinal de Sainte-Croix qui l'avait choisi pour son confesseur et en faisait un grand cas, comme plusieurs autres prélats qui avaient remarqué sa profonde sagesse dans la visite et la réforme des évêchés.

Saint Ignace n'en faisait pas moins de cas ; il n'en trouvait point de plus capable pour être patriarche d'Éthiopie. Il lui fallait un homme qui eût des qualités toutes particulières, surtout un courage indomptable et une charité *aussi embrasée que la zone qui ceint le pays*. Il serait parti si les affaires de France n'eussent eu besoin de lui : il alla en France comme premier provincial, après avior été déjà le premier provincial d'Italie. Il arriva en France en 1562. La même année, tandis qu'il travaillait à fléchir le parlement de Paris pour faire recevoir la Compagnie de Jésus, la peste, qui ravageait cette ville, vint le frapper lui-même. Après de vains efforts pour l'engager à partir, il ne consentit point à abandonner son *échauguette* par crainte de la mort, et comme un bon pasteur il eut soin d'envoyer à temps ses compagnons à Noyon, sauf un qui mourut, ainsi que lui.

Sa mort fut révéléc vers minuit à un de nos pères qui était à Noyon. Ce père vint le lendemain à Paris, et trouva sur la table de Pasquier un billet qu'il avaitécrit de sa main et dans lequel il avait fait une liste des meubles qui étaient probablement les plus infectés de la peste. C'est ainsi que ce bon père avait soin des autres et qu'il s'oubliait lui-même.

La plus belle vertu que saint Ignace admirait et chérissait dans cet homme, c'était une simplicité de colombe, sans fard ni amertume; c'est pourquoi il l'appelait habituellement *son ange*.

Un jour, en voyage, trente ou quarante moissonneurs s'assemblèrent autour de lui, et le voyant mal vêtu, ils se mirent à le huer et à lui faire mille grimaces. Le bon vieillard se tint tranquille, et s'appuyant sur son bâton, il les regarda d'un œil joyeux et plein de contentement. Comme son compagnon le pressait d'aller en avant : « Eh quoi! dit-il, voulez-vous priver ces bonnes gens de cette consolation ? » A la fin, le père Brouet les remercia et leur donna sa bénédiction. Cette action les changea tellement et les rendit si confus d'avoir outragé un homme si saint et si modeste, qu'ils se jetèrent à ses pieds et lui demandèrent pardon.

TABLE.

—

CONDITIONS D'ABONNEMENT AUX PRÉCIS HISTORIQUES.

Tous les mois. 2 petits volumes in-18. — La *Collection* d'une année formera donc 24 livraisons. — 5 fr. pour une année. 5 fr. 50 par la poste, pour la Belgique. — 5 fr., plus l'affranchissement, pour l'étranger.—Chaque petit vol. de 36 pages se vend aussi séparément. 25 centimes; 15 fr. le cent.

Opuscules de la Collection.

ONT PARU AU 15 JUILLET :

Les trois Martyrs du Japon, de la Compagnie de Jésus.

La Confession est-elle une invention des prêtres, publiée au XIIIᵉ siècle? Extrait du P. Scheffmacher.

Épisode de la déportation des prêtres en 1794. Récit fait par un de ces déportés.

Sagesse de l'Eglise dans la Béatification et la Canonisation des Saints. Exposé des procédures et des cérémonies. (Deux livraisons.)

Opinions sur l'Origine des Béguinages belges, par Éd. T.

Influence sociale de la Semaine Sainte. Extrait des conférences de Monseigneur Wiseman.

Coup d'œil sur l'histoire de la Réforme du XVIᵉ siècle, par l'auteur de *Mes doutes.*

Lorette ou Translation de la Santa Casa. Extrait de l'abbé Caillau.

Un Concile. Extrait de Bergier.

Des Services que l'État religieux a rendus à la société.

Salazar, ou la Chapelle expiatoire du très-saint Sacrement de Miracle, à Bruxelles, par Éd. T.

Le Saint Concile de Trente. (Extrait de Bergier).

Les neuf premiers Compagnons de saint Ignace de Loyola. Extrait des *Tableaux du Père d'Oultreman, S. J.*

PARAITRONT :

Principes sur lesquels s'appuient les historiens apologistes pour défendre l'Eglise.

De l'Origine des Croisades, au point de vue philosophique et apologétique, par Éd. T.

Le Dimanche, au point de vue social.

De la Tradition.

Le Déisme et la Révélation.

Séjour de saint Pierre à Rome.

Les premiers Apôtres de la Belgique